HOTEL DROUOT — SALLE N° 9

N° 10 du Catalogue.

PEINTURES & DESSINS
ANCIENS & MODERNES

M° ANDRÉ DESVOUGES   M. LOYS DELTEIL

EXPOSITION PUBLIQUE, HOTEL DROUOT, SALLE N° 9

Le Jeudi 11 Décembre 1913, de 2 h. à 6 h.

FRAZIER-SOYE, IMPRIMEUR

155, 157, RUE MONTMARTRE

o o o o o o o o PARIS

CATALOGUE

DES

PEINTURES

ET DES

DESSINS

ANCIENS & MODERNES

Dont la vente aura lieu

à Paris, HOTEL DROUOT, Salle N° 9

Le Vendredi 12 Décembre 1913

à 2 heures précises

Par le Ministère de Mᵉ ANDRÉ DESVOUGES

COMMISSAIRE-PRISEUR

26, Rue de la Grange-Batelière

Assisté de M. LOYS DELTEIL, Graveur et Expert

2, Rue des Beaux-Arts

CONDITIONS DE LA VENTE

Elle sera faite au comptant.

Les adjudicataires paieront *dix pour cent* en sus des enchères.

M. Loys Delteil remplira les commissions que voudront bien lui confier les amateurs ne pouvant y assister.

MM. les Amateurs pourront visiter la collection, 2, *rue des Beaux-Arts*, du Samedi 6 Décembre au Mercredi 10 Décembre 1913, de 2 heures à 5 heures. *(Le Dimanche 7 excepté)*

Exposition Publique, Hotel Drouot, Salle N° 9
Le Jeudi 11 Décembre 1913, de 2 h. à 6 h.

N° 97 du Catalogue.

DÉSIGNATION

ALLAIS

1. Vue prise dans les Jardins de la Villa Médicis.
Sépia et encre de chine. *Signé* et daté : 1817.

ALLIN

2. Portraits de Femme et d'Homme. Deux peintures
(l'une *signée* et datée : *l'an 7*). Encadrées.

ANDRIEUX (A.)

3. Le Cavalier. Au crayon noir.

4. Bustes d'hommes, 1848. Trois dessins au crayon
noir.

5. Un Tartuffe — L'Orgie — La Lecture du Journal
— Après la Lecture — Le Barbier. Cinq dessins
(un *signé*).

6. Etudes et croquis divers. Dix dessins ou croquis.

AUTREAU (Jacques)

7. Louis XV ? en pied. A la sanguine. Signé :
Autrau.

H. 302. L. 221.

BEAUMONT (Edouard de)

8. La Modiste. Dessin aquarellé. Encadré.

BESSON (J.-G.)

9. Sur le zinc. Pastel. *Signé*. Encadré.

10. Bretons au cabaret. Pastel. *Signé*. Encadré.

11. Femme nue, de dos. Pastel. Encadré.

12. L'Enfant au jouet — Scène de Famille. Deux pastels. *Signés*. Encadrés.

13. Paysage de Bretagne. Pastel. *Signé*. Encadré.

14. Devant la cheminée. Pastel. *Signé*. Encadré.

H. 475. L. 305.

BOISSIEU (J.-J. de) ?

15. La Bergère. A la sépia. Encadrée. Cadre ovale ancien.

BONVIN (François)

16. Femme en buste. A la plume. *Signé*.

H. 134. L. 108.

BONVIN (François) ?

17. Nature morte (oignons). PEINTURE. *Signée*. Encadrée.

L. 260. H. 190.

18. Buste d'Homme. A la plume. *Signé*. Encadré.

BOUCHER (François)?

19. Groupe d'Amours. A la sanguine.

H. 307. L. 245.

BOUDIN (Eugène)

20. La Barque à voiles. Aux crayons de couleurs. Encadré.

BOURGEOIS (Constant)

21. Pont San Rocco, Rivoli, 1807. Sépia. *Signée*. Sous
verre.

N° 52 du Catalogue.

BOUTON

22. Intérieur de Crypte. A la sépia. *Signé*. Collection
Gasc. Encadré.

H. 120. L. 75.

BOYS (Thomas Shotter)

23. Le Palais du Luxembourg, Paris. Aquarelle.
Signée.

CALS (A.-F.)

24. Portrait de Femme. Crayon. *Signé* et daté : 1851.
Encadré.

H. 218. L. 165.

25. Portrait de Femme. Crayon. *Signé* et daté : 1851.
Encadré.

H. 222. L. 170.

CARRIERE (Eugène)

26. Académie d'Homme. Encadrée.

27. Académie d'Homme. Encadrée.

28. Etudes de mains. A la sanguine. Encadrée. Cadre
ancien.

CHAPUY (Nicolas)

29. La Colonnade du Louvre et la Place St-Germain-
l'Auxerrois. A la mine de plomb. *Signé*.

L. 230. H. 142.

CHÉRET (Jules)

30. Danseuse. Aux crayons de couleurs. Signé. Encadré.

H. 380. L. 230.

CICÉRI (P.-L.-C.)

31. Paysages. Cinq très petites aquarelles gouachées
et une sépia. *Signées*.

CLERGET (Hubert)

32. Paris : Hôtel de Sens — Palais de la Légion
d'Honneur. Deux dessins à la mine de plomb
(le second légèrement rehaussé).

33. Ancien charnier de St Sauveur à Rouen, 1841.
A la mine de plomb, avec rehauts de blanc.
Signé des initiales.

H. 300. L. 215.

34. Blois. A la mine de plomb.

L. 375. H. 190.

35. Le Bouquet d'arbres. Aquarelle.

L. 360. H. 235.

36. A Rome — Vieilles maisons à Nuremberg — Vue prise à Altona — Baden (Autriche). Quatre dessins rehaussés.

37. Vues et Paysages. Trente-neuf dessins.

COCHIN FILS (C.-N.)

38. Composition pour une vignette. A la mine de plomb.

39. Buste de Louis XV. Crayon. De forme ronde. Encadré, cadre ancien.

Diam. 122.

COROT (J.-B.-C.)

40. Rome, le Château St Ange. Fusain. *Signé* et *daté :* 1874. Encadré.

L. 435. H. 277.

CRAPELET (Amable)

41. Les Barrages du Nil. Aquarelle. *Signée*. Sous-verre.

CRAUZAT (Paul de)

42. Une biche ! — Le Pantin — La Bourse. Trois dessins à la mine de plomb.

CROS (Henry)

43. Portrait — La Source — Un Pont. Deux dessins et un croquis aquarellé.

DANIEL

44. Le Pressoir. Dessin aquarellé et gouaché. *Signé*. Encadré.

DANLOUX (H.-P.)

45. Portrait d'Homme. Peinture de forme ovale. *Signée : P.-H. d'Anloux*. Encadrée.

H. 302. L. 260.

DAUMIER (H.)

46. Deux bustes d'hommes. Crayon noir. Encadré.

L. 80. H. 75.

DELACROIX (Eugène)

47. Croquis de fauves. A la plume.

H. 222. L. 171.

DEVELLY (J.)

48. Bravoure du Prince Murat (février 1813). A la sépia, *signé* du monogramme et daté : 1ʳ janvier 1814.

49. Une Chasse sous Louis XVI. A la sépia, avec rehauts de gouache.

50. Les Éléments, 1820. Quatre dessins à la sépia accompagnés d'une légende en vers.

DEVÉRIA (Achille)

51. La Coiffure. A la sépia. Encadré.

H. 257. L. 200.

52. La Toilette. A la sépia. Encadré.

H. 250. L. 198.

DOMINGO (R.)

53. Les Courses. Gouache. *Signée*. Encadrée.

L. 535. H. 260.

DURER (Ecole d'Alb.)

54. Le Branle. A la plume, lavé de sépia. A été gravé par A. Durer. Collections Th. Laurence et Didot.

Nº 88 du Catalogue.

ECOLE FLAMANDE (fin du xvi° siècle)

55. Le Musicien. A la plume. Encadré.

H. 265. L. 140.

ECOLE FRANÇAISE (xviii° siècle)

56. Portrait d'Homme. Crayon noir, avec rehauts de craie.

57. Portrait d'un Magistrat. Peinture. Encadrée.

H. 800. L. 620.

58. Portrait d'un Abbé. Crayon noir et sanguine avec rehauts d'encre de chine. Forme ronde.

59. Site d'Italie. **A la sanguine.** Encadré. Cadre ancien.

L. 450. H. 310.

60. Portrait d'Homme en buste, de profil : au verso profil de jeune fille. Deux dessins aux trois crayons. Encadré.

61. Le Triomphe de la Révolution Française. Plume et encre de chine, avec rehauts de gouache.

L. 570. H. 465.

62. Le Temple de la Sybille. A la sanguine. Encadré.

L. 440. H. 288.

63. La Becquée. Peinture.

ECOLE FRANÇAISE (1re moitié du xixe siècle)

64. Portrait de Femme. Peinture. Encadrée.

65. Portrait d'Homme. Peinture. Encadrée.

66. Buste d'Homme. Crayon. Encadré.

67. Cheval s'abreuvant. Aquarelle. Encadrée.

68. Surtouts de table. Trois importants dessins, rehaussés d'aquarelle.

ECOLE FRANÇAISE (xixe siècle)

69. Tête de lion. Aquarelle. Encadrée.

ECOLE HOLLANDAISE

70. La Servante. A la sanguine. Encadré.

ECOLE ITALIENNE (xviiᵉ siècle)

71. Buste de jeune Femme. A la sanguine. Encadré. Cadre ancien.

72. Hommes combattant. Plume et sépia. Encadré.

ECOLE ITALIENNE (fin du xviiᵉ siècle)

73. Décoration d'un Palais. A la plume, lavé de sépia. Collections Fleury-Hérard et J. Dupan. Encadré.

H. 309. L. 210.

ECOLE LYONNAISE (1ʳᵉ moitié du xixᵉ siècle)

74. Paysage accidenté. A l'encre de chine. Encadré. Cadre ancien.

FECHNER (Edouard)

75. Portrait de jeune Femme. Au crayon noir.

H. 189. L. 146.

FLEURY (Léon)

76. La Cathédrale de Reims, avec la décoration pour le sacre de Charles X. A la mine de plomb. *Signé*.

H. 157. L. 111.

FORAIN (J.-L.)

77. Bourgeoise et artiste. A l'encre de chine. Signé : *f*. Encadré.

H. 450. L. 355.

78. Convoitise. A l'encre de chine. Signé. Encadré.

H. 280. L. 205.

79. Deux Danseuses. Croquis à la sanguine. *Signé*. Encadré.

GHIRARDI

80. Paysages. Quatre dessins et aquarelles (un *signé*).

GOUACHES (xviiie siècle)

81. Paysages. Deux gouaches formant pendants, montage ancien.

L. (de chaque gouache) 345. H. 232.

G. P.

82. Paysages. Deux dessins au crayon noir, avec rehauts de craie (un signé des initiales G. P., 1786).

GRÉVIN (A.)

83. Le Suiveur. Aquarelle. Encadrée.

GUAL (Adr.)

84. Motifs d'éventails, 1900. Cinq aquarelles. *Signées*.

GUILLOUX — BOUCHERAT — JEANNIOT — ROLL

85. Paysage, étude peinte 1931. Sous verre — La Lettre — Liseuse — Pensive — Etude de nu. Cinq dessins encadrés.

GUIRAND DE SCÉVOLA

86. Liseuse. Plusieurs crayons. Encadré.

87. A la Bodinière : auditeurs. Encre de chine et gouache. *Signé* des initiales. Encadré.

GUYS (Constantin)

88. Le Balcon. A la plume, lavé d'encre de chine et d'aquarelle.

H. 204. L. 166.

HAUDEBOURT-LESCOT (Mme)

89. Scène d'Italie. A la mine de plomb.

N° 112 du Catalogue.

N° 144 du Catalogue.

N° 144 du Catalogue.

N° 113 du Catalogue.

HENNER (J.-J.)

90. Femme nue, de dos, esquisse peinte.

HERRERO

91. La Partie de manille. Crayon, rehaussé de'pastel et de gouache.

HUGUENIN (F.)

92. Tabernacles et chaires à prêcher, 1744. Quatorze dessins à ia plume, lavés d'encre de chine, la plupail *signés*.

INGRES (J.-D.-A.)

93. Etudes de Figures et de draperie. Trois croquis.

ISABEY (Eugène)

94. La Barque en réparation. Crayon avec rehauts. Cachet de la vente. Encadré.

L. 200. H. 177.

95. Le Vaisseau échoué. Crayon avec rehauts. Cachet de la vente. Encadré.

H. 260. L. 175.

96. Les Barques. Crayon. Cachet de la vente. Encadré.

H. 220. L. 177.

JACQUE (Charles)

97. Le Troupeau de moutons. Plume et encre de chine, avec rehauts de blanc.

98. Cour de Ferme. Au crayon noir.

L. 170. H. 130.

99. Paysages, têtes de fantaisie. Douze dessins ou croquis (plusieurs attribués).

JACQUEMART (Jules)

100. Trophée de chasse, composition décorative. Aquarelle. *Signée.*

H. 210. L. 170.

JAIME

101. La Débutante. A la mine de plomb. A été lithographié. Une épreuve jointe.

JOHANNOT (Tony)

102. Le Retour du Bal — Manon Lescaut — Illustrations diverses. Cinq dessins ou croquis.

103. Quinze croquis pour les Œuvres de Molière.

KIRCHNER (Raphaël)

104. Ecce Messalina. Crayon noir aquarellé et gouaché. *Signé.* Encadré.

LA JOUE

105. Décoration de terrasse. A l'encre de chine, avec rehauts.

H. 248. L. 225.

LALLEMAND (J.-B.) ?

106. Le Paysage au portique. Gouache. Encadrée.

L. 388. H. 260.

LAURENS (Jules)

107. A S' Didier (Vaucluse). Crayon et sépia. *Signé* des initiales.

LEANDRE (Charles)

108. Au Restaurant. Plume et encre de chine. *Signé.* Encadré.

LE BARBIER l'Aîné (J.-J.-F.) ?

109. Composition mythologique. A la sépia.

LEGRAND (Louis)

110. Danseuse offrant des fleurs. Crayon, avec légers rehauts. *Signé.*

111. *Neuf ! Dix !* — Danseuses et vieux beau. Deux dessins sur papier Gillot. *Signés.* Encadrés.

LEGROS (Alphonse)

112. Portrait de Femme. Peinture. *Signée* des initiales. Encadrée.

H. 400. L. 315.

113. Paul Flandrin. A la mine d'argent, avec dédicace : *A Paul Flandrin, son admirateur, A. Legros 1890.*

H. 310. L. 235.

114. Buste de Fillette. Crayon. *Signé, dédicace.* Encadré.

H. 255. L. 210.

LÉPINE (S.)

115. Le Pont Marie, vu de l'Ile S¹ Louis. Crayon. Encadré.

116. Le Pont-Neuf, à Paris. A la mine de plomb. Encadré.

117. Le Pont de Bercy. A la mine de plomb. Encadré.

118. Un Coin à Montmartre — Barrage à La Villette. Deux dessins. A la mine de plomb.

119. Le Bassin à Honfleur — Barques. Deux dessins. Encadrés.

LÉPINE (attribué à S.)

120. La Route. Peinture. *Signée.* Encadrée.

LESSORRE (Émile)

121. Sujets de genre. Trois dessins à l'encre de chine ou à la sépia, (un daté : *20 X^{bre} 1848*).

122. Scènes d'Orient. Cinq dessins à l'encre de chine ou à la sépia (un *signé*).

LETEURTRE (E.)

123. Notre-Dame au quai de la Tournelle — Arromanches — Château de Gien, etc. Cinq aquarelles, *signées* (sauf une).

LETUAIRE — MARVY (Louis)

124. Pêcheurs sur la grève — Les Chaumières — Paysage. Trois dessins (2 *signés*).

LONGUET — MANCEAU — PÉQUÉGNOT, etc.

125. Sujets divers et Paysages. 13 dessins ou aquarelles.

LOUTHERBOURG (d'après Ph. de)

126. Le Mouton chéri. Crayon noir. Encadré.

MARNY (Paul)

127. A Montreuil-sur-Mer. Aquarelle. *Signée*.

L. 435. H. 310.

MAROT (Daniel)

128. Vues de Hollande (La Haye ?). Trois dessins à la plume, lavis d'encre de chine, *signés*.

L. (de chaque dessin) 195. H. 150.

MINIATURES

129. Lettres simples et ornées extraites de Missels.

N° 110 du Catalogue.

MOLITOR (Martin)

130. Le Pont de bois. Encre de chine, avec rehauts de
gouache. Encadré.

L. 285. H. 214.

MOORE (Albert)

131. *The River of Death*. A la plume. *Signé* du monogramme.

MOUILLERON (Adolphe)

132. Van Dyck peignant. A la mine de plomb. *Signé* des initiales. Encadré.

NAVLET (J.)

133. Dans le Parc. PEINTURE. *Signée.* Encadrée.

H. 248. L. 205.

NICOLLE (V.-J.)

134. Tivoli. A la sépia.

H. 185. L. 120.

ORNEMENTS

135. Motifs d'ornementation et d'architecture. Sept dessins anciens.

PARIS (Dessins relatifs à)

136. L'Abside de Notre-Dame (vers 1840). A la mine de plomb.

137. La Fontaine et le Marché des Innocents (vers 1840). A la mine de plomb.

138. La Place du Châtelet (vers 1840). A la mine de plomb.

139. Le Boulevard St Martin (vers 1840). A la mine de plomb.

140. St-Nicolas-des-Champs (vers 1840). A la mine de plomb.

PARROCEL (Charles)

141. Deux Reîtres. A la sanguine.

H. 278. L. 215.

PASTELOT

142. Un Débardeur. Au crayon noir. *Signé.*

H. 220. L. 184.

PATRICOT (Jean)

143. Paul Maurou. An crayon noir. *Signé*.

PERNET (P.)

144. Ruines Romaines. Deux aquarelles de forme
ovale, formant pendants. *Signées*. Encadrées.

H. (de chaque aquarelle 345. L. 280.

PEYRON (P.)

145. Socrate et Alcibiade. A la plume, lavé d'encre de
chine. *Signé*. On y a joint la gravure.

PICHOT (R.)

146. La Toilette. Aux crayons de couleurs. *Signé*.
Encadré.

147. Le Salut. Pastel. *Signé*. Encadré.

148. Danseuse gitane — Expiation — Marins. Trois
pastels. *Signés*. Encadrés.

PILLEMENT (J.)

149. Paysage accidenté. Crayon noir. *Signé*. Encadré.

L. 460. H. 330.

RAFFAELLI (J.-F.)

150. Scène de roman. Crayon noir avec rehauts de
couleurs. *Signé*. Encadré.

151. L'Enfant et les deux Chats. Aux crayons de couleurs. *Signé*. Encadré.

L. 295. H. 225.

REGNAULT (Henri)

152. Bestrees, le pied de l'Aiguille, oct., 1866. Crayon
noir. Encadré.

L. 585. H. 320.

RENOUARD (Paul)

153. Les Escrimeuses anglaises. Crayon noir. *Signé.*
Encadré.

L. 535. H. 350.

154. Croquis de figures. Vingt-et-un dessins à la
plume, remontés et *signés.*

ROUSSEAU (Philippe)

155. La Femme de l'artiste. Peinture. *Signée* des
artistes Encadrée.

H. 235. L. 175.

SAINT-AUBIN (Augustin de)

156. Silhouettes de femmes. Quatre croquis à la
plume.

SAINT-MARCEL (Edme)

157. Une Lionne. A la sanguine. *Signe* du monogramme. Encadré.

SARRASIN

158. Le Parc. A l'encre de chine. De forme ronde.

Diam. 114.

SAVRY (attribué à)

159. Le Moulin. A la plume. Sous verre.

H. 328. L. 223.

STEEN (Jan) ?

160. Le Buveur assis. A la pierre noire.

H. 221. L. 191.

161. L'Eplucheuse de pommes de terre. A la pierre
noire.

H. 215. L. 159.

STEUBEN

162. Portrait d'Homme. Pastel. *Signé* et daté : 1839. Encadré.

H. 130. L. 102.

N° 164 du Catalogue.

SWANEVELT (Hermann)

163. Les Voyageurs jouant aux dés. Plume et sépia.

H. 292. L. 220.

TIEPOLO (Dominique)

164. Groupes d'Amours, motif de plafond. A la sépia. *Signé.*

L. 270. H. 185.

165. Centaure enlevant une faunesse. A l'encre de chine. Signé.

L. 270. H. 190.

TIEPOLO (attribué à D.)

166. Deux Figures. Plume et sépia. Encadré.

H. 335. L. 250.

VAN DEN BERG (Gisbert Jean)

167. La Laitière hollandaise. A l'encre de chine. *Signé*
et daté : 1806.

H. 352. L. 253.

VANLOO (Carle)

168. Buste d'oriental. A la sanguine.

VIEILLARD (E.) — TORRENT (E.)

169. Une Rue, à Montmartre — Au Salon. Aquarelle
et dessin. *Signés*. Encadrés.

VILLON (Jacques)

170. En Attendant. Crayon rehaussé de pastel. *Signé*.
Encadré.

171. A l'Atelier. A la plume, lavé d'aquarelle. *Signé*.
Encadré.

172. *Ohé la classe*. Esquisse peinte, 1899. *Signée*.
Encadrée.

VIOLLET-LE-DUC (A.)

173. Bords de rivière. Peinture. Encadrée.

WATTIER (Edouard)

174. Histoire de la Danse — Scènes de genre — La
Mandoline. Quatre dessins lavés de sépia.

175. Baigneuse — Compositions diverses. Huit dessins
ou croquis.

WATTIER — CLERGET — MOUCHY, etc.

176. Sujets divers et Paysages, 50 aquarelles et dessins.

WILLETTE (Adolphe)

177. Figaro. A la plume. *Signé*. Encadré.

DIVERS

178. Sujets divers, études, paysages. Douze dessins par ou attribués à Parrocel, Moitte, Le Jeune, etc.

179. Sujets divers, 9 dessins par ou attribués à Boilly, Wille fils, B. Picart, etc.

180. Assomption de la Vierge — Le Repos en Egypte — Les Pélerins — Buste de guerrier. Quatre dessins. Encadrés.

181. Sous ce numéro, il sera vendu en plusieurs lots, 56 aquarelles, dessins, gouaches, par Bartolozzi, Guy, Cayron, Forestier, Biais, Atché, etc.

182. Sujets divers, figures, paysages, 10 dessins anciens.

183. Sujets divers, figures, paysages. Onze études peintes et aquarelles.

184. Sujets divers, paysages, 20 aquarelles et dessins par Garbet, Boys, Cassas, Orselli, etc.

185. Sous ce numéro, il sera vendu en plusieurs lots, 51 dessins humoristiques par Gottlob, Iribe, Delannoy, Radiguet, Abeillé, etc. Encadrés.

186. Sous ce numéro, il sera vendu en plusieurs lots, plusieurs centaines de dessins humoristiques.

187. Sujets divers et Paysages, 14 dessins par Hanoteau, Jeanron, Tassaert, etc.

188. Sujets divers et Paysages, 12 dessins par Grenier, H. Emy, Clarke, Chifflart, etc.

189. Sujets divers, portraits, paysages, 48 dessins par Jeanron, Jullier, Gherardi, etc.

FRAZIER-SOYE

GRAVEUR-IMPRIMEUR

153-155-157, Rue Montmartre

PARIS

9 782329 395043